AF192136

Éditions DIASPORAS NOIRES

www.diasporas-noires.com

©Noëlle Solange DEGBOUE 2017
ISBN version numérique : 9791091999816
ISBN version imprimée : 9791091999823
Date de publication numérique : 23 Septembre 2017

Mentions légales

Loi n°49-956 du 16 juillet 1949 sur les publications
destinées à la jeunesse,
modifiée par la loi n°2011-525 du 17 mai 2011.

Noëlle Solange
DEGBOUE

MORCEAU DE VIES

Tome I

Nouvelles

1) L'île aux coquillages, le bras de mer et moi, souvenirs de vacances.

2) Amady le petit Talibé — À la recherche d'un autre destin.

AVANT-PROPOS

En un instant, nous vivons plusieurs fois, plusieurs vies, plusieurs états de vie. En un instant, des émotions multiples nous pénètrent et nous gagnent, elles répandent en nous leur substance, nous imprègnent positivement ou négativement. Nous pouvons faire des pauses sur ces morceaux de vie, en profiter, les regarder en face, les ressasser à loisir, tant qu'il nous semblera bon de le faire. Nos pensées sont des graines essaimées dans les sillons de nos pulsions, qui vont germer et produire des actes, des morceaux de vies.

Notre nature humaine a cela de naturel, faut-il le réaffirmer, qu'elle est imparfaite. Et c'est parce qu'elle se conjugue à l'imparfait, que notre vie se découpe en plusieurs tranches. Pas d'uniformité, mais beaucoup d'imperfections et de contrastes qui rendent notre ascension vers la perfection pénible et naturellement impossible. Une vie même bien remplie, est toujours un polygone dont nous ne maîtrisons pas toujours les formes et les sinuosités, une mosaïque hétéroclite. De notre conception à notre fin, nos vies en une seule pourtant, ou notre vie en plusieurs, se déclinera selon notre naissance et notre vécu. Vies morcelées, instants fugaces ou intenses, enchevêtrés, mis bout à bout ou côte à côte pour modeler notre être.

Nos vies déjà tranchées par le créateur, en trois grands pans, enfance, jeunesse, vieillesse, nous appartiennent d'ores et déjà, avant même que nous ne soyons nés. À l'intérieur de ces pans, les ascendants feront tout pour nous dans la prime enfance et l'enfance ; puis à l'adolescence, nous tenterons le voyage en électron libre. Plus tard, devenus adultes, nous assumerons pleinement cette liberté, mais nous serons pétris de même, par les autres, ceux que nous rencontrerons un jour au tournant d'un chemin, d'un morceau de vies. Notre histoire propre se construira aussi à notre insu cependant, au détour d'insidieux ou de clairs hasards, et de symphonies inachevées.

Morceaux de vies imbriquées les unes dans les autres, morceaux issus de nos ascendances et de nos descendances.
Ces rencontres pourront être un tremplin ou un frein, bien qu'un frein puisse servir de tremplin : parfums de vie, bons ou nauséabonds. Le puzzle qui sera formé alors, sculptera notre personnalité, notre destin tout autant morceau, parce qu'une partie de ce destin dépend de nous, une autre de ceux que l'on va côtoyer tout au long de notre séjour et la troisième dépend de l'Être

transcendant. Le morceau de bonheur, de réussite, combiné à celui de misère ou de déception, nous fortifiera et donnera un sens à ce combat pour la vie qu'il nous faut à tout prix gagner.

Morceaux de vies ici et là...
Êtres de chair et de sang, limités par l'espace et le temps et notre imperfection, nous passons comme poussière ; l'éternité ne nous habite pas et rompt ainsi notre désir d'infini et de continuité. Morceau, nous sommes des morceaux d'éternité, et donc des éternités interrompues, parce qu'imparfaites. Nous sommes des morceaux de victoire, des morceaux de défaite, des morceaux d'amour, des morceaux de haine, des morceaux de grandeur, des morceaux de damnation, nous ne serons jamais un tout de quelque chose.
Parce que nous sommes commandés par notre finitude, nos sentiments ne sont pas inconditionnels. Ils sont dépendants, fractions, contradictions et mélanges, morceaux de tout un peu. Il n'y a pas de plénitude en nous, seulement des morceaux de satisfaction.

L'intelligence que nous avons de pouvoir dompter et créer tant de choses est une illusion d'éternité, un mirage d'éternité, donc un morceau d'éternité. Ici-bas, rien d'éternel ; tout est en morceaux, en tranches, en superpositions. C'est ainsi que naissent les aléas de la vie qui sont des morceaux aussi et à travers lesquels nous sommes ballotés, plongés, et dans lesquels nous sommes inhumés, mais d'où nous pouvons sortir, ressuscités.

Au détour de moments inoubliables marquants, un morceau de vies, qu'il m'appartienne ou pas, que j'aimerais vous offrir, à petites doses comme des souvenirs impérissables pour ceux à qui ils se rapportent, mais éphémères dans leur perpétuité et leur constance.

L'auteur

L'ÎLE AUX COQUILLAGES, LE BRAS DE MER ET MOI, SOUVENIRS DE VACANCES

Les souvenirs peuvent être nos amis comme nos ennemis, mais toujours enfouis au creux de notre mémoire, ils jalonnent nos vies et nous avons la possibilité d'ouvrir la cache où ils se trouvent pour les offrir à nos amis et connaissances, à nous-mêmes, les partager comme des friandises et les déguster. Ils ne sont pas éternels, peuvent s'effacer et mourir dans les sables mouvants de notre subconscient, mais traversent l'espace et le temps, pour peu qu'ils soient contés.

Ils peuvent aussi raviver les amitiés perdues et les renouer. Les moins bons sont utiles, ils nous attristent, mais servent toujours, car ils sont des repères pour se reconstruire et éviter les pièges de la vie.

Le souvenir est comme un piment.
Il donne une saveur particulière et du piquant à nos vies.
Il peut être thérapie.

« Il est le parfum de l'âme ».

À notre frère et ami d'enfance, de son petit nom, Youssou, happé par le souffle de la méchanceté et de la traîtrise humaines !

À mon frère Nicolas, travailleur acharné, amoureux des combats épiques !

FADIOUTH, je me rappelle de toi, comme d'une amie bien plus âgée que moi, qui m'a bercée durant quelques années, dans mon enfance. Tu m'as permis, entre autres souvenirs exquis, de jouir de cette période de la vie, comme une vraie enfant, et de contempler mon innocence en toute liberté, petit rayon de soleil, et arc-en-ciel, perçant le ciel redevenu bleu après l'averse.

Innocence rimant et chantant comme virginité, hymen de nos esprits, de nos pensées, de nos actes, blotti dans le creux de notre mémoire enfantine, que devenus adultes, nous regrettons.

Oui, cet hymen a pu être offensé par notre entrée soudaine dans le vrai monde, le grand celui-là, celui des défis, des réussites, des échecs, des amitiés, des amours et des défaites, des trahisons, des victoires, des pleurs et des larmes, de joie et de tristesse : le monde de la réalité, celle à laquelle nous devions faire face, que nous le voulions ou non : « Qui vivra, verra ». Le monde des déchirures et des brisures du cœur et de l'âme surtout. Certaines déchirures auront pu être raccommodées d'autres ne le seront jamais...

Nous avions coutume, après de longs mois studieux, à l'école, mais aussi à la maison, de venir nous jeter sur les rivages de l'île aux coquillages, enlacée par un des bras de la mer, comme dans une accolade fraternelle, pour savourer dans la plénitude de cette vie simple et colorée, les délices des vacances. Fadiouth la charmante, la pittoresque, s'offrait à nous dans toute sa candeur, sa nudité et sa nature vraie, nous invitant du coup, à découvrir les nombreuses facettes de son univers tout en contorsions et en couleurs.

Alors insouciants et rieurs, rêveurs aussi, nous attendions ces jours heureux en piaffant d'impatience sur la pointe de nos petits pieds et de nos jambes de gamins de cinq, six, sept, huit, et même dix ans et plus.

Nous arrivions le matin très tôt, à l'heure où le coq n'a pas encore chanté, à l'heure où il se prélasse encore dans le cocon de ses plumes réchauffées par son propre corps, caché dans le coin des cases assoupies et attendant l'heure du lever. Nous accueillaient alors, de leur accent chantant et les bras grands ouverts, tante Julienne et son époux Sarr, à la carrure de lutteur. Tante Julienne était une femme svelte, au regard chaleureux et bienveillant, au sourire riche en dents blanches que rehaussait une pigmentation à l'indigo à la mode « *tupungalle* ». Ce tatouage allait des lèvres et de l'embrasure de la bouche, au menton ; il s'étalait même sur les gencives. C'était à la fois, disait-on, un remède et un élément de séduction très féminin.

C'était la famille de Dakar, qui arrivait avec sa progéniture et les amis de sa progéniture. Il y aurait du mouvement dans la concession familiale... Ils nous accueillaient avec la spontanéité de ces cœurs simples et brûlants de fraternité, de bonté, de générosité et de reconnaissance. Ils étaient les neveux et nièces de notre grand-père, le grand Salla, à la démarche altière, au menton volontaire, au regard abrasif, fier et inquisiteur, digne descendant de la lignée des Damels. À ce titre, tout le village nous surveillait, nous étions les enfants de tout le village et leurs invités. Oh bon vieux temps ! Où l'enfance était enfantine, l'innocence innocente, les sentiments vrais et purs.

Dans les villages, le peuple se lève tôt, et les femmes, les premières. Ici, les pilons, le couscous, les greniers, les poules, et surtout les enclos à porcs, les arbres à palabres, rythmaient le quotidien des villageois.
Nous avions à peine les yeux ouverts sur le monde, mais nous voulions déjà le regarder en face.
Nous comptions donc bien profiter des plaisirs qu'offrait cet univers qui nous appartenait déjà, avant les grandes confrontations.
J'avais été baptisée « petite souris », par un de mes grands cousins, surtout parce qu'avec ma tête emplie de cheveux, je n'aimais pas me faire tresser, et il fallait, pour que j'accepte ce supplice, m'offrir une tranche de

fromage «La vache qui rit». J'étais minuscule et silencieuse. Mais cela ne m'empêchait pas de faire quelques méfaits comme le font d'ailleurs toutes les souris, oh pas bien méchants, ces méfaits rimaient bien avec nos âges ; de petites désobéissances par-ci, des intrépidités par-là.

Nous avions l'habitude des pique-niques à la plage, au bord de la mer, souvent les dimanches, avec la famille et nos amis, mais ici, c'était bien autre chose !

Nous nous levions très tôt et nous puisions dans les canaris, l'eau pour notre toilette ; dans les fraîcheurs de ces jours levants, c'était pour nous une découverte ; le canari, pour la première fois, le canari de ma page de lecture avait une saveur tout exquise, celle du concret, et cela m'enchantait ; chose étrange, je découvrais que près du canari, il faisait toujours frais.

J'étais en face d'un vrai canari et je puisais dans un vrai canari ; et voilà, débarbouillés, la toilette de chat vite faite, au coin d'un enclos approprié, nous étions prêts pour le petit-déjeuner.

Mais ce petit-déjeuner ne ressemblait pas à celui de la ville, fait de pain, de chocolat, de beurre, de fromage, et d'une tasse bien chaude de quinquéliba ou d'ovomaltine agrémentée d'un lait concentré sucré.

C'était un bon couscous trempé dans l'eau, sucré, aromatisé, légèrement gluant, que nous mangions en groupe, les pieds croisés, autour d'une calebasse, avec une cuillère ou à la main, et *« vloup vloup vloup »*. Nos petites mains pressées faisaient des va-et-vient de la bouche à la calebasse, et de la calebasse à nos bouches, dans un concert de toussotements, «*ker ker*», quelques toussotements nécessaires à l'apprivoisement du mets inconnu, mais tout de même appétissant, parce que sucré. Le «*thiéré*» effleurait nos lèvres et inondait nos gorges qui ne demandaient qu'à se mouiller. Qu'importe ! On nous avait appris à manger de tout; et les gémissements et lamentations n'étaient plus de mise depuis déjà longtemps. Nous le savions, sinon le bâton virevoltait, baptisé «*manigolo*» agile et incontrôlable, sur nos petites mains. «Tends la main»... Et nous avions donc appris !

Joseph, que nous appelions de son petit nom Youssou était un petit gaillard, quatre ou cinq ans plus âgé, avec de grandes oreilles décollées — signe extérieur d'espièglerie — qui aimait rire et faire des farces. Souvent, il égaillait le groupe de façon assez subtile en criant, «*Ne mangez plus, arrêtez c'est de la morve !*» Et certains se levaient en s'écriant, «*tchem bay,*» et notre gaillard se faisait un plaisir de finir la calebasse de couscous.

Nous avions nos cousins et cousines, il y avait là Marie, Manu, Bindjou, et puis Francisque et Sadio, les petites sœurs de tante Julienne, mais aussi René, Farah et Émilie, et nos amis de Dakar, nos plus que frères, Nguilane, Sagar, Soda, et encore, certains de nos neveux, certains du même âge, certains plus âgés. C'était une fière petite armada.

Mais il fallait contrôler tout ce beau monde. Et ce n'était pas facile. Nos regards avides en disaient long sur la suite des amusements. Nous étions dans l'expectative !

Donc, impatients, espiègles et infatigables, nous sortions dès le petit-déjeuner terminé, pour arpenter les ruelles étroites de notre nouvelle ville-île. Il faut dire que ces espaces s'offraient à nous comme un océan de liberté que nous ne connaissions pas, car la vie trépidante de la ville ne nous avait pas habitués à cela. Nous comptions bien apprivoiser cet océan et jouir impunément de la liberté que cette étendue nous offrait... En effet, la villa de la « Sicap Baobabs » même grande ne l'était pas assez pour nos esprits curieux et volages, et les bus écoliers que nous prenions, EK, EF, n'étaient pas assez lents et conciliants pour nous permettre de faire quelque escapade. Les deux limites acceptables et acceptées étaient la Maison et l'École...

Et nous marchions, et marchions, contournions les cases et recontournions les cases, les recontournions encore et encore. Nous nous perdions, mais revenions tout de même au bon endroit. Le bruit de ces milliers de coquillages blancs ou noirs et blancs qui jonchaient les ruelles du village, sous nos petites savates, résonnait comme une musique, une chansonnette, que nous reprenions en chœur, *« creus creush creus »*. Ces coquillages qui scintillaient parfois, donnaient l'impression expressive, avec les reflets des rayons du soleil, d'une mosaïque d'ombres et de lumières sur nos propres ombres. Le bruit des coquillages chatouillait nos oreilles et caressait nos tympans et leur éclat dilatait nos yeux ; mais nous les faisions plus petits, pour mieux capturer et photographier leurs images scintillantes et papillotantes.

Parfois nous nous baissions pour en ramasser et en faire de petits trésors que nous ramènerions à Dakar comme souvenirs. Nous étions aux anges ! Des riens suffisent à enchanter le cœur d'un enfant !

Ces coques dans les sillages du village, étaient le fruit, le résultat de la pêche intense des moules, principale activité du village : « les pagnes » qui, séchés, étaient mangés comme une friandise, ou dans un bon riz.

Tout était passé en revue, en groupe ou en solitaire, nous osions braver l'esprit de Joal-Fadiouth, « Mama Guedj » « Maman mer ».

Ma sœur et moi restions ensemble. Armées de fines branches flexibles et assez longues, nous faisions la revue des « mbams », les porcs. Il y avait dans les enclos d'immenses porcs au pelage gris, et aux visages-faciès que nous disions frondeurs : *« Regarde ce gros cochon-là ; regarde comme il nous regarde »* ; nous nous approchions alors, et les chatouillaient avec nos branches ; leurs narines au vent nous paraissaient immenses. Nos petites tailles et nos frêles statures les rendaient encore plus impressionnants, et nous jouions à introduire nos branches dans ces vastes ouvertures ; nous les trouvions vilains : les enfants sont inconscients et intrépides et parfois bourreaux ; nous étions de petits bourreaux pour ces bêtes ; c'est alors que les porcs ruaient dans les brancards, avec un bruit tel, que nous fuyions, mais pour revenir aussitôt, recommencer à satiété notre petite gymnastique. Mais un jour, un gros cochon cassa son enclos et s'échappa, et nous prîmes peur.

Il y avait aussi de grands greniers où étaient stockées les gerbes de mil ; ils avaient une assise dans l'eau et se dressaient fiers comme un rempart contre la faim. À nos questionnements qui étaient nombreux, tante Julienne nous raconta que ces greniers servaient à garder les récoltes, mais aussi à protéger les réserves contre les animaux domestiques et les incendies.

Puis nous revenions à la case familiale, fatigués, mais non rassasiés. Nous restions dans l'expectative... Le délice, c'était les plongeons dans le bras de mer, nous passions des heures ainsi dans l'eau, y entrant, en ressortant, pataugeant dans les eaux quelquefois noires, criant, nous interpellant, piaillant, traquant les cochons qui souvent, s'aventuraient si près de ceux qui cherchaient à satisfaire des besoins naturels ; car à Fadiouth en ce temps-là, les toilettes c'était en plein air !
– *Dépêche-toi, il va te manger le derrière* ; entendions-nous dire, à l'un d'entre nous.
Et nous faisions le saut du canard, les jambes entravées par nos « caleçons ».
Au loin, les femmes, à l'aide de paniers pêchaient les « pagnes ».

Eh Oui ! Le bras de mer et ses environs, imprégnés d'une odeur caractéristique qui se reflétait dans l'air, devenaient alors notre lieu de prédilection.

Sel, eau et vent, brume, qui donnent mer, odeur tenace de moules, d'huîtres, de «yeet» ou escargots de mer, péchés et séchés à longueur de journée par les femmes, odeurs de végétations immergées à longueur de temps dans l'eau, odeurs indéfinissables, de porcs, d'humains, de fruits de mer, de poissons, vivants ou morts, odeurs de vies, odeurs d'éternités.

Dans l'eau, nous barbotions donc, et comme il n'y avait pas de vagues, c'était le déchaînement, le naufrage sans vagues. En effet, quelquefois la mer se retirait et devenait basse. C'était la marée basse, et nous en profitions, pataugions avec aisance, nous vautrions sans honte dans l'eau, sans égard pour nos frêles apparences, en faisant des sauts de carpe.

Les garçons toujours dans l'exagération, s'en donnaient à cœur joie en nous jetant de l'eau à pleines mains dans les yeux, le nez, la bouche et partout, et l'eau salée piquait nos yeux.

Nous nous roulions insouciants dans la vase et les coquillages, batailles épiques d'enfants que le goût de la liberté, et la curiosité, et l'innocence rendaient attachants même dans leurs bêtises. Le danger, nous l'ignorions et le méprisions. La tête, les cheveux, le corps entier, l'esprit participaient à ce besoin d'évasion qui avait hanté nos esprits dès la fin de l'année scolaire et bien avant même. Vacance et évasion : évasion de l'école, évaporation des retenues, vacance des études, vacance des leçons, vacance des devoirs, vacance de la chicotte, vacance des interdits, vacance, évasion sur le bras de mer de l'île aux coquillages. La marée haute nous faisait refluer sur les conseils des grandes personnes, il ne fallait pas s'aventurer trop loin dans le bras, sinon gare à la noyade. La noyade ? Elle ressemblait dans le lointain de nos esprits d'enfants, à la non-existence de quelque chose ou de quelqu'un, ou une disparition. Nous ignorions ce que c'était vraiment, mais obéissions quand même. Nous attendions que la marée basse se fasse et nous arpentions allègrement tout ce vide avec la délectation que vous n'imaginez même pas.

Le pont était également l'objet de toutes nos attentions. Parfois, nous l'arpentions en long en large et en travers, en martelant de nos pieds, le bois sentant l'eau et le mouillé.

Nous n'osions nous aventurer sur l'île qui abritait le cimetière et notre témérité avait trouvé là, son point de rupture. Nous nous contentions donc d'attendre et de regarder de loin, la longue queue de tombes que nous essayions de compter. Ah les enfants ! Naïveté, innocence ? Pourra-t-on jamais compter les disparus ?

Le soir venu, épuisés, mais contents, comme des guerriers après avoir livré et gagné bataille, nous revenions à la maison, hirsutes, méconnaissables, mais heureux. Et c'était la queue pour laver tout çà à l'eau limpide ; et c'était tous les jours, pareil.

La monotonie ne nous effrayait pas. Elle avait pour nous un goût de liberté aux multiples accents, quelque chose de beau et d'irréel que rien ne pouvait changer. L'éternel recommencement de ces journées de vacances, avait pour nous un goût sucré, un goût de caramel acidulé, puisque différent, et nous le dansions sur des aires et des airs de joie et de plaisir.

Après le souper fait de couscous et de poisson, « *thiéré sim* », et les contes que nous racontaient tante Julienne, le soir au coin des dernières incandescences d'un feu qui avait servi à préparer le repas du soir, nos corps et nos esprits, endoloris de gaieté et de bonne humeur, se penchaient vers la douce berceuse de la nuit, cet instant du jour qui se lange d'ombres, de fraîcheurs et de silences, de paix aussi. Le sommeil réparateur ? Demain il ferait jour, et d'autres combats, les mêmes, nous attendaient. Nous devions être prêts.

Puis vint le jour où nous prîmes la barque pour une promenade dans le bras de mer. Nous décidâmes donc d'aller encore plus loin, sur les hauteurs là où la mer est plus profonde, pour monter les eaux comme on monte une colline.

Engoncés dans le milieu de la barque, nous gesticulions, apeurés mais frondeurs, car personne ne voulait renoncer à cette escapade. Nous nous voulions triomphants !

Les garçons, en tête Youssou, criaient : « à l'assaut », et nous entonnions en chœur : « à l'assaut », « à l'assaut ».

Le bras de mer était devenu trop étroit pour nos escapades, il nous en fallait plus.

C'était sans compter avec notre inexpérience et l'espièglerie de la majorité d'entre nous.

Livrés à nous-mêmes, sans véritable surveillance, nous montèrent pêle-mêle dans la barque, les uns sur les autres, c'était à qui monterait le premier. Certains s'assirent dans la barque, d'autres sur les rebords. La barque tanguait, balancée par le poids inégal de nos êtres, de part et d'autre des bords de l'embarcation. Les plus grands la poussèrent là où le bras de mer était plus profond, pour qu'elle prenne ses marques, et puis ils sautèrent à l'intérieur avec les pagaies plus grandes qu'eux.

Nous étions là, chahutant, nous jetant l'eau, bataillant, la barque avait assise, et nous étions heureux, mais elle avançait aussi et nous ne nous en rendions pas compte. Une rafale de vent vint nous rappeler que nous étions déjà là où la mer est plus profonde, pas tout à fait, mais déjà en mer plus haute. Inconscients, certains continuaient à gesticuler et à parler comme des pies, aurait dit Maman Anna.

La barque dérivait déjà, et les frêles bras de Youssou et Lyss, mon frère, n'arrivaient pas à la diriger ; enfants de la ville qui ne connaissaient rien à la mer ou si peu, si ce n'était le sable blanc et les vagues déjà échouées du bord de mer de la plage « L'anse Bernard » de la Corniche Est à Dakar. Ils pagayaient à hue et à dia. Leurs regards inquiets en disaient long sur notre devenir et la suite des évènements. Ma sœur et moi commencions à pleurer, les plus grandes à crier. Les garçons téméraires et frondeurs, rythmaient nos pleurs d'un « *taisez-vous, vous allez nous porter malheur !* » qui se voulait dissuasif, en même temps persuasif. L'intérieur de la barque était devenu la « case de Birama qui brûlait ».

Notre petit frère, Charles, surnommé « casse-cou » à cause de son intrépidité et des jeux dangereux qu'il affectionnait, se mit en tête d'enjamber le bord de la barque, pour quitter le petit navire et disait-il, rejoindre le rivage.

« *Tu es fou, nous sommes au milieu de la mer, c'est profond, tu vas te noyer !* »

Ma sœur agrippée au short de son frère Lyss hurlait : « *ramène-nous, je ne veux pas me noyer, ramène-nous* ». Lui-même quelque peu désarçonné, lâcha la pagaie dans un geste d'impuissance, pour essuyer les larmes de sa « jumelle ». Seul Youssou continuait à pagayer. Julie la plus grande qui aimait bien commander, prit la pagaie que son frère Lyss avait lâchée et entreprit d'aider Youssou, mais pas pour longtemps, le sens des pagaies n'était pas homogène, et la barque tournoyait sur elle-même, le tourbillon qui se formait autour, rendant encore plus sinistre, cet instant.

Et je me mis à crier « *ça fait un tourbillon, il va nous avaler, le tourbillon va nous avaler* », mes grands yeux étaient exorbités et les larmes donnaient à mon visage l'aspect d'un masque strié de sel et d'eau, blanc par endroit, morveux. Les cheveux au vent, je me jetais sur ma sœur et nous restions là, serrées l'une contre l'autre, nos visages enfouis à l'intérieur de nos bras entrelacés comme le bras de mer de l'île aux coquillages.

Soudain, Nguilane se mit à crier, Mama Guedj sauve-nous !

S'il te plait, sauve-nous ! Nguilane et Julie se mirent à prier et nous avec : « *Petit Jésus ne nous prend pas, nous sommes des enfants, nous n'avons pas grandi !* ».

Les grandes nous dirent de prier, pendant qu'elles observaient les manœuvres des garçons... Et nous nous mîmes à psalmodier les prières que nous faisions chaque soir avant de nous coucher, au pied de nos lits. Je vous salue Marie, Notre père...

Puis Youssou dit, « *je vois un requin, il vient de passer !* » Intrépide Youssou ; il plaisantait bien sûr, mais voulait surtout nous faire peur, ou nous faire oublier notre peur, qui sait ? Le désarroi était grand et nous geignions de plus belle, ivres de peur et de frayeur. La barque était maintenant en plein milieu et dérivait, en faisant une révolution sur elle-même, elle tourbillonnait et avançait plus loin vers le large et vers l'immensité de l'océan, mal orientée par les pagaies qui avaient eu raison des bras juvéniles de nos chers garçons.

Nous nous mouchions sur nos habits, le concert de « taisez-vous » et de pleurs mélangés aux cris de frayeur était à son paroxysme.

Il y avait maintenant des vagues, et la barque montait et descendait, elle ondulait. L'équilibre était rompu, celui de nos êtres aussi, de nos âmes et de nos esprits.

Nous ne pleurions plus, Youssou avait lâché la pagaie et gisait comme nous au fond de la barque. Pourtant, Lyss et lui, entreprirent tout de même de stabiliser la pirogue en nous répartissant mieux que nous l'étions, un par ici, un par là-bas, ainsi de suite.

Les garçons commencèrent à se disputer avec les grandes, qui leur reprochaient leur témérité et leur manque de bravoure. *« Vous êtes des momies et des peureux. »*. Nous étions entourés d'eau et l'immensité de cet espace qui s'étendait à l'infini ajoutait à notre désarroi. Nous étions seuls et pourtant il y avait toujours ce petit vent d'inconscience malgré tout qui nous faisait penser que rien ne nous arriverait après tout. L'improbable n'aurait pas lieu. Non !

Il faut dire que Youssou était grand pour son âge et le plus costaud de nous tous. Lui et Lyss, amis et compagnons, frères inséparables, entreprirent de se lever et de faire de grands signes avec leurs bras pour attirer une quelconque attention. Sait-on jamais ! Il y avait peut-être quelqu'un dans les parages ! Ils criaient : « hé ho ! », et nous avec et en cadence : « hé ho ! ». Rien n'y fit. Ni Grand Sarr, ni pêcheurs à l'horizon ; même pas les femmes pêcheuses de coquillages.

Puis Youssou dit à Lyss, *« reprenons les pagaies »*. Ils se mirent à pagayer, le vent vient de ce côté, pagayons comme ceci. Debout à l'avant de la pirogue, tel un preux chevalier, Youssou fendait les eaux de sa pagaie, de toutes ses forces et sans interruption, il pagayait. Lyss de même, brave et tenace, du haut de sa petite taille lui donnait la réplique. Ils chantaient le chant des Scouts *« Devant tous je m'engage sur mon honneur et je te fais hommage de moi Seigneur... »*. Oh hisse ! Oh hisse !

Puis lentement mais sûrement nos deux gaillards prirent le dessus sur cet élément impétueux, dans un sursaut de profond amour propre et de fierté bien masculine déjà à cet âge, ragaillardis par les remontrances des filles, qui les avaient traités de « momies ». Le défi était grand. Il fallait le relever à tout prix. La barque se maintenait et fendait l'eau désormais verte et sombre, elle n'était plus écumeuse, nous avions quitté le large et arrivions. L'ombre de « Timis » avait déjà enveloppé le village.

Nous accostâmes tant bien que mal au milieu de la cohue des femmes rassemblées au bord du rivage et qui avaient déjà mis à l'eau une barque. Les commentaires allaient bon train. On aurait dit le gazouillis d'un groupe d'oiseaux dans les arbres, où le wolof, le français et le sérère se mélangeaient comme une musique discordante.

– *Dieu est grand,*
– *Qui vous a dit de prendre la barque ?*
– *Vous êtes téméraires !*
– *Comment avez-vous fait pour la mettre à l'eau ?*
– *Faites attention les esprits rôdent, il y en a de bons, mais aussi de mauvais.*
– *Vous avez de la chance de n'avoir pas été emmenés vers le grand large et Joal !*

Bruyants comme nous l'étions, notre absence avait été remarquée. Des jeunes hommes, des enfants s'étaient déjà jetés à l'eau, eux étaient du village et connaissaient les méandres de cette mer comme les lignes de vie de leurs mains.

Les femmes étaient prêtes à intervenir, mais n'avaient pas l'air plus anxieuses que cela ; Mama Guedj leur avait-elle déjà fait part de l'issue de ce combat inégal ? Qui sait ? Mais nos mains jointes étaient pour nous la seule véritable raison de l'échec de ce naufrage collectif.

Youssou et Lyss étaient désormais nos héros, même si les grandes ne voulaient pas le reconnaitre… (Il faut dire qu'à leur manière, elles avaient aussi contribué à l'issue positive de cette fameuse odyssée). Leurs bras endoloris qu'ils frottaient et secouaient, et leur volonté avaient pris le dessus, par la grâce de Dieu…

Ce sont des baffes sonores qui nous firent sortir un à un de la pirogue. Hagards et muets, nous ne pleurâmes même pas. Certains arrivaient même à rire, rires mêlés de peur et de joie, qui en disaient long sur notre soulagement.

Nous avions reçu une leçon de vie, que ni les conseils des mamans, ni ceux des pères, ni même ceux de nos maîtres et maîtresses, ceux des anges, n'auraient pu remplacer. Nous pourrions en rire demain, mais à ce moment précis, nous avions pris conscience de ce que voulait dire obéissance, vie, mais surtout mort ; la liberté avait un coût et s'achetait parfois au prix fort.
Lavés, rendus neufs, nous nous tenions cois. Certains se mirent à dormir. Nous avions payé de notre grande frayeur, le prix de l'expérience…

Nul doute que certains dans le sommeil de plomb qui les enveloppa, reprirent la barque, mais cette fois, en songe. Youssou et Lyss continuaient à se raconter l'épopée du jour. On entendait leurs chuchotements et leurs rires espiègles, puis tout ce petit monde s'assoupit...

Nous l'avions échappé belle ! Les vacances ne furent pas gâchées pour autant. Les enfants savent mieux que les adultes régénérer leur esprit et faire peau neuve, nos jeux ne perdirent rien de leur originalité et de leur intensité...

Mais presque chaque jour, au coucher, après que nos poings se soient fermés sur notre sommeil, dans le silence de la nuit qui s'étale et étale son long rideau d'ombres qui se strient quelquefois de lumière étoilée et lunaire, dans le profond de nos rêves qui se mélangent à la réalité, des cris stridents transperçaient et trompaient la nuit, déchiraient le silence.

En effet, souvent durant ces vacances, dans le lointain, nous entendions des cris longs et aigus percer la nuit, un bruit effrayant qui figeait nos visages et glaçait nos doigts. Nos yeux s'ouvraient alors sur les ténèbres de la nuit qui n'était qu'à son milieu.

C'étaient les loups, le coup tendu vers le ciel implorant je ne sais quoi d'insolite...

Oui, les loups et les hyènes qui cherchaient à décapiter la douceur paisible de nos sommeils. Tapis dans l'épaisseur des palétuviers, ils étaient aussi sur « l'île aux sorciers », plus loin, et cohabitaient avec d'autres, de la même gent animale, tortues et autres espèces. Sur cette île, disait-on, personne n'osait s'aventurer... Et nos yeux se faisaient ronds dans leurs trous, notre cœur battait un peu plus vite, nous avions peur ! Les loups, les hyènes ? Humm ! Nous nous imaginions l'hyène s'échappant des palétuviers et rôdant aux abords des cases, pour chercher une quelconque pitance, dont nous.

Nous nous rappelions alors les contes de Leuk le lièvre que nous avions lus et relus, tant de fois, avec émotion, nous qui aimions lire ; la lecture était notre principal loisir. Nous riions des frasques de l'hyène, mais là, il ne s'agissait plus de rire, il fallait être vigilants et alors nous nous tenions cois...
Que de souvenirs intéressants à raconter à nos amis à la rentrée !

Je ne crois pas que ces souvenirs se laissèrent consumer par le temps. Ils sont encore dans nos mémoires et y demeureront aussi longtemps que nous vivrons sur cette terre. Morceau de vies !

En effet, de retour à Dakar, nos yeux restèrent encore longtemps ouverts sur les rivages du bras de mer de l'île aux coquillages, la charmante, l'accueillante, la vivante, la pétillante, mais aussi la douce Fadiouth.

La petite flamme bleue qui brillait encore dans nos yeux, révéla à nos amis combien furent joyeuses nos vacances. La nostalgie de ces jours heureux, le souvenir de ce Fadiouth-là, aujourd'hui disparu, habillé d'une nouvelle robe, celle de la modernité tient encore allumée la lampe qui éclaire notre belle enfance.

Les souvenirs de ces escapades demeurèrent longtemps encore dans nos têtes, surtout dans la mienne, car mes cheveux rougis par le sel de l'eau de mer et mes jambes striées par les vers de guinée ramassés dans la vase du bras de mer de Fadiouth (que ma mère, Maman Anna, s'évertuait à faire sortir par des frictions à la cendre et au citron), restèrent pendant des jours comme les stigmates de nos escapades passées, souvenirs impérissables, morceaux d'éternité.

Pendant des jours, nos sommeils seraient entrecoupés de rêves, les rêves étoilés de nos souvenirs de vacances. Ils survivent toujours…

En dépit de quelques écarts inévitables, la vie d'avant était si simple, si fringante ! Enfants, nous étions surveillés et contrôlés. Néanmoins, il y avait une espèce d'accord tacite et virtuel entre les parents et leurs enfants. Et cette confiance n'aurait jamais été prise à défaut. La négligence devenait alors, une simple vue de l'esprit et n'avait pas d'impact, de résultat sur nos attitudes et nos comportements. La liberté devenait un instrument d'éducation de cette même liberté qui nous était ainsi proposée. Négligence et liberté étaient de fait entravées, jugulées par cette sensation forte que nous avions, parents et enfants, d'appartenir à une grande famille : celle de la communauté et du voisinage. L'éducation était par ailleurs une sorte de responsabilisation, des aînés par rapport à leurs frères et à un groupe d'enfants, non seulement, mais encore, par rapport à nous-mêmes, une responsabilité qui nous était inoculée à tous comme un sérum. Nous avions conscience que l'autorité était vraiment l'autorité. La limite entre le bien et le mal nous l'apprenions comme une leçon de grammaire ou d'histoire, une leçon d'école, en vue d'obtenir la meilleure note qui soit. La communauté qui travaillait sur les connivences à l'inverse d'aujourd'hui, participait à façonner l'ensemble.

En effet, le regard que nous portions sur nous-mêmes nous servait de repère et de libre arbitre, fort et généreux dans sa capacité de s'interdire, où notre propre liberté se définissait par rapport à l'autre, notre raison disciplinant nos émotions. On pouvait nous laisser libres, notre propre regard servait de garde-fou. Nous nous responsabilisions. De même, le regard que la communauté avait le droit d'avoir sur la communauté, servait de régulateur, de modulateur et de modérateur.

Aujourd'hui le danger est partout, latent et permanent ; il s'affiche comme une reine de beauté et fait la parade. Il naît de nous-mêmes, à l'intérieur de nos êtres, de nos esprits et de nos demeures. Il est construit, comme on construit un édifice, il est fabriqué, transmis comme un héritage, et s'achève en une arme redoutable : la rivalité, ivre, trouble et pathologique, pour vaincre à tout prix, gagner et prendre le dessus sur l'autre, briser ses remparts. Nos états paradoxaux ont pris le pas sur les comportements normaux. Ils sont plus longs, plus nombreux et plus intenses. Nous sommes dans la civilisation de l'excès et de la démesure, de l'irrationnel, de l'inutile, du profit insatiable qui se nourrit aussi de lui-même.
L'exception est devenue la règle. Le couple infernal « n'importe quoi et tout est permis, il suffit de le vouloir » règne en maître ! La communauté a

perdu le rôle qu'elle était censée jouer ! Elle observe et rit sous cape ! La société malgré ses interdits incite à la désobéissance, parce que le bon exemple, le bon comportement n'est plus le meilleur barème pour se faire honorer. Il n'y a plus de censure. L'indifférence a remplacé la compassion. La méfiance est devenue le dénominateur commun de la relation humaine ! Enfance et innocence sont bannies de l'environnement des petits !

Il fait vraiment un temps pluvieux aujourd'hui ! La demeure est en péril, noyée sous des eaux hautement contaminées ! Le monde est souffreteux. Point de rémission ? Nous devons chercher le point de rupture, là où tout a commencé... À basculer ! Refaire le chemin inverse et reprendre tout à la base.

L'auteur

AMADY LE PETIT TALIBÉ

À la recherche d'un autre destin

Amady petit peulh, ne veut pas du destin que semble lui réserver sa condition de talibé. Le chemin déjà tracé sur lequel il pose ses pas, ne saurait être pour lui qu'un passage, une randonnée initiatique. Par-dessus son épaule, il va regarder et voir ce qu'il lui est permis d'obtenir encore. Il ne veut pas d'une existence vécue en parallèle et en marge d'une société où il serait exclu d'office pour son manque d'instruction, telle que conçue dans ce monde moderne qu'il trouve fascinant et ô combien attractif. Il ne veut pas s'endormir, bercé par l'inertie de son quotidien.

Il veut aussi faire l'histoire...

L'auteur

Il était dix heures du soir.

Elle entendit un coup sourd à la porte. Qui pouvait bien venir chez elle à cette heure de la nuit, dans ce petit froid glacial du petit hiver sénégalais ?

Mme Durand osa un œil curieux par-dessus le portail de la vieille maison familiale, sise au centre-ville, et ne put retenir une exclamation d'agacement. Pourtant quelques minutes auparavant, un groupe de talibés, avaient franchi le portail pour demander l'aumône et avait été servi comme d'habitude, en petite monnaie généreuse et bien sonnante.

Mme Durand ouvrit la porte.

Elle vit alors un jeune talibé d'une quinzaine d'années environ, pas très grand, debout, le regard furtif. Il se tenait un peu à la perpendiculaire, le buste légèrement en avant, comme s'il s'attendait à être rabroué.

Il triturait son obole de ses mains rendues moites par son audace et la soudaine appréhension qui l'enveloppait alors. Le visage courroucé de Mme Durand ne présageait rien de bon ! Au demeurant, il avait déjà franchi une barrière, il lui fallait continuer. S'exprimant dans la langue de Kocc Barma, il dit alors d'une seule traite.

« J'étais là avec le groupe de tout à l'heure, je me suis échappé, c'est pour te dire de m'aider, je veux apprendre à lire et à écrire ». Il disparut dans la pénombre aussi soudainement qu'il était apparu.

Interloquée, Mme Durand referma la porte et resta perplexe, mais ne put retenir un sourire amusé. Ce petit peulh, elle l'avait remarqué depuis un certain temps, venait souvent avec ce groupe, lui demander l'aumône. Mais ils devaient certainement connaître ses heures. Ils venaient toujours après les vingt coups de l'horloge qui annonçait son heure propre : 8h du soir.

De tempérament communicatif et très ouvert, Mme Durand était professeur de français dans une école privée de la place, une école d'une grande renommée où elle avait elle-même étudié. Elle avait pour les enfants, surtout pour les adolescents, un attachement tout maternel et une manière de les comprendre à nulle autre pareille. Elle savait les prendre à revers quand ils déraillaient, et leur opposait non pas son dictat, mais une espèce de trêve avec eux-mêmes, un compromis. Les simples mots qu'elle prononçait suffisaient à opérer en eux, une rapide et essentielle introspection ; tout en les laissant à leur libre arbitre, puisqu'ils le revendiquaient avec force et de manière intempestive. Ils effectuaient alors un « retour en zone » et réfléchissaient. Mais les mots brûlants de fermeté et d'ironie atteignaient souvent leur cible, servaient de remède à leur trop-plein d'autonomie et coupaient en deux leur férocité. Elle savait détecter les qualités de ces derniers et les exhortait à les utiliser comme bouclier contre leurs propres défauts.

C'était son « violon d'Ingres ». On lui disait souvent qu'elle aurait dû travailler dans le social ou être psychologue ; elle savait si bien s'y prendre avec ces tenants de « l'âge ingrat ! ». Sûr que dans sa tête, se tramaient déjà un scénario et une mise en scène de la situation tragicomique unique qui se présentait à elle, en la personne de ce talibé qui voulait aller à l'école.

Ce garçon semblait mener le groupe. Il avait une autorité et une volonté qui transpiraient et formaient une auréole sous son regard et dans ses manières ; elle avait remarqué qu'il se détachait de l'ensemble.

Les talibés n'avaient d'autre préoccupation que celle de ramener à leur maître coranique la somme journalière exigée, sous peine de punition plus ou moins sévère, qui allait de la simple menace verbale, à celle plus compliquée et frustrante des coups de bâton, chicotte, ou autre dégradation physique, morale et psychologique qui était laissée à la libre appréciation de leur maître.

La fugue, quant à elle, était réprimée avec la dernière énergie. Le châtiment était proportionnel à la forte envie d'échapper à la tutelle du maître, envie qui tenaillait plus souvent que l'on pouvait le croire, un talibé, fatigué, éreinté par le poids de la responsabilité qui pesait sur ses frêles épaules, la privation de la liberté toute simple et le droit d'être nourri, éduqué, vêtu et chaussé, comme tous les enfants de son âge. Tous ces manques qui le marqueraient au fer rouge, comme une bête de somme, et parfois pour la vie.

Ces enfants traînaient, seuls ou par grappe, de nuit comme de jour, dans les rues de la capitale et de presque toutes les villes du pays, pieds nus, sales, et certains en haillons, quémandant par-ci, chapardant par-là ; de plus en plus agressifs, ils se plantaient en face de vous avec une effronterie qui n'avait d'égale que la mauvaise éducation qu'ils avaient reçue malgré eux, faudrait-il dire. Certains avaient l'âge de la maternelle, enfant de trois ans, de quatre ans, coupés du cordon familial, que la trique et les mauvais traitements, la faim, et le manque de soins avaient domptés ou endurcis, fragilisés, rendus insensibles et perméables. Leur mémoire enfantine effacée, ils suivaient, telles des brebis perdues, les plus grands à peine plus âgés qu'eux. Leurs pieds ressemblaient à ceux des palmipèdes et leurs menottes, à des battoirs ; le teint blafard et l'air fiévreux, les yeux remplis de toutes les émotions et de toutes les attentes, ils parlaient presque tous la même langue. L'apprentissage du Saint Coran qui les avait fait venir dans la capitale, était chimérique et aléatoire, et ne constituait qu'une infime partie de leur quotidien. Même s'ils réussissaient à en connaître l'essentiel, ils finissaient toujours par préférer la rue et l'argent facile auquel leur maître les avait habitués, par l'entremise de la mendicité, et dont le surplus leur revenait immanquablement. Il était quand même étrange de constater que les parents ne venaient jamais visiter leurs enfants, et de surcroit, les chercher, afin de les ramener à la maison, après le temps jugé nécessaire à l'apprentissage des préceptes du Livre Saint.

Dès qu'ils vous apercevaient sortant d'un magasin ou d'une échoppe quelconque, c'était la ruée vers ce potentiel pourvoyeur de fonds, et les « sarakh nguir yallah », « la charité pour l'amour de Dieu », fusaient comme des balles, prêtes à vous désarçonner. Ingénieux, miséreux, mais pas bêtes, certains luisaient d'une intelligence avérée que l'on pouvait déceler dans leurs yeux enfiévrés, mais vifs, où se traduisaient la ruse et le tumulte de leur vie de talibé. Ils misaient surtout sur la crédulité et le fanatisme de ces pourvoyeurs, sur leur crainte d'un Dieu vengeur qui leur ôterait les privilèges obtenus, ou reporterait aux « calendes grecques », les grâces qu'ils lui demandaient, chaque jour pour eux, leur famille et leurs biens ; vivre dans l'opulence, chasser une maladie, conjurer un sort.

La pièce tendue, ou le paquet que vous donniez alors devenait l'objet d'une convoitise acharnée, que tout ce petit monde agglutiné autour de vous comme des fourmis sur un morceau de sucre, comptait bien ajouter à sa besace. Haletants, ils se disputaient le chemin vers vous, et le plus rapide arrachait presque le présent d'un coup sec qui voulait dire aussi : « c'est moi qui l'ai eu ! ». Une bagarre généralisée pouvait même s'ensuivre.

En danger permanent, ils étaient la proie facile, de tous ceux qui, marginaux ou pas, trouvaient dans ces gamins aguerris et rendus insensibles par la misère, la faim, la soif, le manque d'affection, et surtout le cynisme des adultes, parents et tuteurs, et même gouvernants, une source vive, une rivière, dans laquelle venaient se déverser tous les mauvais penchants et les pulsions cachées de leur personne en quête de dérives jouisseuses et perverses. Parfois quand « Ibliss » le diable s'en mêlait, ils pouvaient servir d'agneaux, pour les sacrifices demandés.

En effet, les talibés jetés en pâture à la vindicte populaire, parce que démunis de tout, livrés à la faune sauvage, à la brutalité ambiante et glauque, avaient appris à se solidariser, face à cette adversité qui les amènerait à la fugue, en prison, à la déchéance et certainement à la mort. Ils servaient aussi d'exutoire à la conscience religieuse dont se targuaient tous les pharisiens de notre époque : musulmans, animistes ou chrétiens, tous se servaient de ces pauvres gamins pour se donner bonne conscience. Il faut dire que certains donnaient machinalement, par pitié, charité ou bienséance, mais la plupart par profit, en voulant s'acheter Dieu et ses anges ; ce dont se régalaient leurs mentors qui en faisaient une source de revenus appréciable et appréciée de leurs familles.

Mais ces petits animaux sauvages, genre lapins et lièvres, devenaient à l'adolescence et même avant, des « boukis-hyènes » et autres prédateurs, malins et entreprenants, voulant à tout prix sortir de cette spirale infernale qui ne leur laissait aucun choix.

Pourtant d'autres, en désespoir de cause, retournaient chez eux, au grand plaisir de leurs mères surtout, parce que les pères, eux, en les offrant à ces « éducateurs », pensaient avoir eu raison de le faire ; et cette fugue qui leur ramenait leur enfant souvent méconnaissable, était un désaveu. L'orgueil étant maitresse de l'âme masculine, ce désaveu pouvait être perçu comme une défaillance, un outrage à l'autorité dont ils se targuaient, signe de leur pouvoir infaillible sur leurs épouses, leurs mères, sur leurs filles, et sur la société elle-même.

Les talibés en effet, formaient un gouvernement. Les plus grands chaperonnaient les moins âgés ; les moins âgés, les plus petits. Cette hiérarchie mise en place, l'autorité très appuyée des plus âgés, avaient fini de rendre à la roublardise ses lettres de noblesse dans cette organisation pyramidale imposée. Dans le clan des talibés on devenait vite astucieux, dribbleur, et rapporteur, adepte des contre-vérités et autres penchants qui permettent de déjouer les plans et les promesses impossibles, bref de s'en sortir « honorablement » afin de survivre. La loi de la jungle y régnait et la brutalité des plus grands pouvait faire office d'arbitrage. Des clans se formaient par affinité et par objectifs. Ces objectifs avaient un dénominateur commun : se faire de l'argent. Les moyens pour y parvenir étaient à priori la mendicité, mais prenaient généralement des voies obscures et des sens interdits.

Amady le jeune talibé, revint souvent avec sa troupe, mais trouvait toujours le moyen d'échapper à leur attention, car elle le conduisait vers un destin dont il ne voulait pas, ce destin forcé qui n'était pas le sien. Chaque fois, inlassablement, il réitérait à Mme Durand son profond désir d'aller à l'école. Il ajoutait « je me sauve parce que je ne voudrai pas être dénoncé par mes coreligionnaires, à mon maître coranique qui, s'il découvrait ce désir d'émancipation, me punirait. »

Il ne voulait pas rester enfant de la rue à l'avenir voué à l'échec, livré à lui-même, avec comme seul espoir de s'en sortir, un métier appris sur le tas, par sa propre volonté, car à ce stade de l'adolescence et dans bientôt trois ans, il deviendrait un jeune homme sans moyens et sans ressources apparentes ; et que ferait-il alors ? Porter les paniers des ménagères dans les marchés pour la somme dérisoire de cent ou deux cents francs par course, en les importunant pour qu'elles acceptent ? Vendre de l'eau au bord du trottoir, si l'on voulait bien lui confier cette tâche ? Écailler les poissons, balayer, en somme, vivre de petits boulots difficiles et mal payés ou s'adonner au vol à l'arraché avec les conséquences qui en découlaient ? Laver des voitures et essayer d'apprendre à conduire avec le bien d'autrui pour devenir chauffeur d'un vrai taxi ou d'un taxi clandestin ?

Tout ceci lui semblait dérisoire et sans intérêt. « Il n'y a pas de sot métier, il n'y a que des sottes gens », dit l'adage, mais Amady voulait monter vers les hauteurs, s'échapper définitivement de ce carcan, de cette spirale. Lire et écrire étaient pour lui, la voie de salut. Faire autre chose, c'était à coup sûr retourner tôt ou tard, par dépit ou par nécessité, et même par le juste retour des choses, vers une sorte de marginalisation sociale. La rue le récupèrerait à coup sûr et ferait de lui cette fois, ce qu'elle voudrait ; elle le livrerait pieds et poings liés à son bon vouloir si sa volonté ne prenait pas le dessus. Il irait à la dérive, aussi sûrement qu'un bateau sans gouvernail ou coulerait à pic. Ainsi, Amady avait de l'ambition. Il rêvait de devenir un monsieur respectable, marchant la tête haute, fier et respecté de tous par le seul fait d'être lui–même. Pour cela il devait se construire, ne pas se laisser aller : réagir. Et personne ne le ferait à sa place. Il avait donc décidé de prendre son destin en main. De plus, et quoiqu'orphelin, sa famille ne l'avait jamais abandonné.

Prenant son courage à pleines mains et encouragé par l'allant et l'amabilité de cette dame chez qui il avait décelé une bonne âme sous son air sévère, il se mit en tête d'insister encore et encore. Cette insistance avait l'aspect d'un désespoir ; il largua donc les amarres.

La dame fut conquise par cet adolescent, ce garçon qui semblait non seulement savoir ce qu'il voulait, mais encore, savoir exactement ce qu'il voulait. Elle fut captivée par sa ténacité et son courage, frappée par son imperturbable opiniâtreté.

Amady était un petit peulh, il venait d'un pays frontalier du Sénégal, un pays de la frontière sud du Sénégal, dont l'histoire et le destin sont intimement liés.

En effet, la plupart des talibés qui sillonnaient le pays, et bon nombre de mendiants, venaient des pays limitrophes du Sénégal. On racontait que certains de ces mendiants, d'ici ou d'ailleurs, avaient même grâce à cette nouvelle forme de travail, pu construire des immeubles et vivre plus décemment que d'honnêtes citoyens, qui se levaient chaque matin pour aller au travail.

Assis à longueur de journée, et parfois de nuit, sur les trottoirs, ou debout aux différents coins des rues de la ville, aux abords des mosquées et des autres lieux de culte, toute une famille pouvait s'adonner à ce travail très lucratif, qui entretenait la paresse, le gain facile et la fainéantise, en même temps qu'il cultivait la délinquance. Les trottoirs devenaient la nuit, des dortoirs à ciel ouvert. Leurs enfants faisaient leurs besoins sans gêne, ni interdiction, polluant les endroits les plus fréquentés de la capitale, dans l'indifférence la plus totale. Même la prostitution et le trafic de drogue, la pédophilie y avaient droit de cité. La crasse et la saleté envahissaient alors les trottoirs, donnant à certains endroits de la ville, un aspect triste et désuet.

Il en était de même pour ces talibés ; la drogue, la pédophilie, le crime, le vol, la prostitution, les disparitions, lot quotidien de ces « chiens perdus sans collier » enrobaient de leurs formes pernicieuses, cette déchéance conclue d'avance.

Nul doute qu'Amady, sillonnant toutes ces artères, avait compris que cet environnement ne devait pas être le sien. La fatalité ne le devient que si l'on accepte sans se battre que les évènements vous tombent dessus pêle-mêle et vous ensevelissent. Il n'était pas question pour lui de se laisser cracher dessus, et d'être traité avec mépris, plus longtemps. Non ! Dieu nous a fait une faveur en nous créant, c'est celle de nous respecter, parce que nous sommes « le temple où lui-même vit », nous sommes ses créatures et avons été créés à son image.

Or donc, inconsciemment ou sciemment Amady avait sûrement compris que c'était par lui-même qu'il s'en sortirait.

Mme Durand, la professeur, était donc la personne toute trouvée pour le conduire vers les vertes vallées.

Le professeur, c'est celui qui transmet le savoir, qui le réinvente, le cultive, le partage et le diffuse comme un parfum. Les effluves musqués qui vous imprègnent alors, ne peuvent être que celles de la réussite et du succès, mais certainement pas celles de l'échec. L'enseignant est celui qui suscite en celui qui le côtoie, une ambition, une envie de s'élever. Le savoir affranchit, ouvre des portes et vous rend libre.

Dans la tête d'Amady, difficile de concevoir que l'on puisse aller à l'école, savoir lire et écrire et ne pas devenir « quelqu'un ». C'était son sentiment à lui, du haut de ses quinze ans d'âge.

Ainsi commença un long cheminement qui dure encore, bien qu'entrecoupé de longs silences.

Amady réussit à retirer les chaînes qui le maintenaient à son groupe et à son maître coranique. Nul doute qu'apprenant vite et bien, il avait réussi à terminer ses années d'études coraniques. Le milieu familial qui l'avait vu naître était également bien structuré. Malgré la perte de son père, Amady savait qu'il venait d'une bonne famille. Toujours est-il qu'il se libéra et se mit à la disposition de Mme Durand. Auparavant, cette dernière lui avait promis qu'elle lui trouverait non pas une école vu son âge avancé, mais un centre où il pourrait être alphabétisé.

Elle mit en branle ses multiples connaissances et trouva dans la banlieue, un centre d'alphabétisation, appendice d'une église catholique où l'on apprenait à lire et écrire, moyennant une modique somme.

Mme Durand paya donc les cours à Amady. Une relation de confiance s'établit de manière presque automatique, attendu que les caractères des deux personnes en présence y avaient bien contribué. Amady était volontaire, fier, sérieux et très consciencieux. Madame Durand d'un tempérament autoritaire, pleine de principes, éduquée, savait se montrer dissuasive.

Amady malgré ces instants de liberté passés à arpenter les rues de la capitale, avait bien compris que cette autorité-là ne devait pas être défiée. Il savait aussi qu'il était en quête d'un destin meilleur et qu'il y avait de fortes chances pour que cette dernière lui permette d'y accéder ou à la limite, de s'en approcher.

Il aimait ses nouvelles responsabilités qui lui permettaient déjà d'apprendre sur le tas, aussi bien le français, que l'ordre et la discipline, le savoir-faire, le savoir-être. Un premier palier venait d'être franchi.

Il commença à suivre les cours. Tout travail étant rétribué, il faisait de petites courses moyennant rétribution et les cours d'alphabétisation. Il était bon élève et ses bonnes notes qui étaient chaque fois rapportées à Mme Durand, encouragèrent celle-ci à l'aider un peu plus. Il commença à s'exprimer en français dans un langage où la langue de Molière balbutiait et trébuchait souvent sur « le pour la » et « un pour une », les accords et les omissions, et où Vaugelas, maître de la grammaire, recevait souvent des « gifles », mais Amady pouvait prétendre être alphabétisé. Il savait compter, lire et écrire.

Il finit par devenir l'homme de confiance de Mme Durand qui le présenta à ses connaissances. Elle le fit connaître à sa famille qui adopta le jeune talibé devenu un jeune homme bien mis de sa personne, aux manières plus policées, inspirant confiance et respect.

Il faut dire qu'Amady n'avait jamais coupé les liens avec sa famille. Il est certain que ce lien contribua à consolider sa personnalité. Il s'y rendait souvent et appelait Mme Durand de chez lui. Il revenait toujours pour se rendre utile chaque fois qu'elle avait besoin de lui ou lorsqu'il avait besoin de ses conseils.

Pourtant son tempérament de nomade qui le faisait partir et revenir, fit qu'il se détacha peu à peu de sa bienfaitrice. Il avait maintenant vingt ans et ce même sursaut qui lui avait permis de quitter le statut de talibé ; ce même sursaut lui fit décider qu'il devait se débrouiller lui-même, chercher un travail plus enrichissant, porteur de plus grandes possibilités. Mme Durand regrettait de ne pouvoir mieux rétribuer Amady et de manière plus régulière.

Amady fit bien un passage au grand daara de Malika, une structure de la place qui accueillait les enfants de la rue et leur proposait une réinsertion sociale par l'apprentissage d'un métier. Il y était interne. Mais la vie là-bas n'était pas celle dont il rêvait. Y rester aurait un effet boomerang et l'éloignerait de ses ambitions. Apprendre la menuiserie, la poterie et la maçonnerie ne le tentait pas outre mesure. Il en ressortit aussi vite qu'il y était entré.

Mme Durand trouvait quelquefois, Amady, un tantinet prétentieux. Où donc l'emmèneraient sa « folie des grandeurs » et son impatience ! Il avait quitté de son propre chef, le centre d'alphabétisation. Estimant qu'il avait assez de connaissances pour voler de ses propres ailes et continuer sa formation comme il l'entendait ; il comptait bien tenir et en actionner les manettes. Sa fierté y était peut-être pour quelque chose ! Un jour il dit même qu'il préparait un diplôme de troisième année, à l'université ; une autre fois, il était en partance pour un pays étranger. Ne tenta-t-il pas l'aventure des pirogues ou des migrants ? Il disparut un temps assez long et Mme Durand, n'eut plus de ses nouvelles. Elle regrettait qu'il ait quitté trop tôt le centre.

Mais, reconnaissait-elle, cette folie des grandeurs avait cela de beau et d'essentiel, qu'elle maintenait allumée la flamme qui brûlait dans le cœur d'Amady, cette soif de connaissances, de reconnaissance et de savoir-faire et être. Cette flamme lui permettrait de continuer à échafauder, à lutter, à résister, à rester pugnace dans la recherche de cet autre destin. Rêver d'une réalité est légitime en ce qu'elle permet de se battre pour arriver à ce que ce rêve se concrétise.

Amady recontacta Mme Durand.

Elle le mit en relation avec son frère qui avait été un cadre dans une grosse structure internationale et qui malade, avait besoin d'une personne de confiance à ses côtés. Amady en était tout heureux, il lui parla d'un projet d'ONG, et le frère de Mme Durand tout heureux de rendre service, commença à s'y atteler, car il avait, lui aussi, besoin de se replonger dans ce qui avait été sa vie jusque-là, lui le travailleur infatigable à l'énergie inépuisable, amoureux des challenges et des victoires. Malheureusement le frère, de manière inattendue, quitta ce monde. Amady en pleura à chaudes larmes, car il y voyait, un frein à son développement personnel. Bien sûr, il avait fini par s'attacher à ce Monsieur d'une grande compétence, qui acceptait de l'aider avec un enthousiasme tout particulier, aussi communicatif que le sien.

Il se remit au service de Mme Durand avec gratitude ; mais cette dernière, prise dans son rôle de professeur, ne pouvait offrir plus à ce « cheval fou ». Amady disparut à nouveau. Il appela un jour Mme Durand pour l'informer qu'il avait fini par trouver un travail dans une ONG. Était-ce vrai ou seulement le fruit de son imagination ? Y avait-il trouvé la plénitude de ses souhaits ? Entreprenant et courageux ce garçon l'étonnerait jusqu'au bout.

Elle en fut très heureuse néanmoins. Amady était une force tranquille, un petit « lutin » qui en voulait et qui savait s'introduire dans les petits interstices, saisir et provoquer sa chance, vendre ses potentialités. Car il s'était mis à l'informatique et avait réussi à suivre des cours ; il devint par la suite formateur lui-même. Il initiait ainsi ses compatriotes et bien d'autres à cette nouvelle forme d'alphabétisation, mais dans le champ restreint d'un milieu bien fermé, celui de tous ceux et celles qui, à petits pas comme lui, et à la force du poignet, s'entraînaient à vaincre les obstacles et la fatalité, à parfaire leur ascension. Il pourrait un jour se vanter de s'être fait lui-même.

Ces temps derniers, Amady, fier comme il est possible de l'être après tant d'efforts, vint présenter à Mme Durand, sa compagne.
Elle les reçut avec beaucoup de joie, heureuse d'avoir contribué à l'émancipation de ce jeune talibé. Se remémorant le chemin parcouru, elle regardait ce dernier comme un trophée. Elle avait participé à son éducation, en l'invectivant quelques fois sur la manière dont il devait se comporter, en le conseillant, en lui faisant confiance, mais aussi en mettant le doigt sur ses défauts. Il était comme un fils pour elle, et lui s'en souviendrait toujours. Quoi qu'il fasse, où qu'il aille, Amady, reviendrait à son premier port d'attache.

Pour lui, apprendre la langue française, avait été une nécessité. Il parlait sa langue maternelle, il parlait la langue créole, et certainement bien d'autres langues de son pays natal, qu'il ne savait pas transcrire, mais le français, cette langue universelle, langue de travail, qui lui permettrait de traverser les frontières physiques et intellectuelles d'un monde en grande mutation, lui ouvrirait bien plus largement les chemins de la réussite et de belles opportunités, dans sa quête continuelle et boulimique de succès et d'accomplissement.

Amady irait plus loin encore !

Mme Durand était persuadée qu'un de ces jours, elle serait hélée par un monsieur, bien mis de sa personne, tiré à quatre épingles, parlant un français des plus corrects, et même l'anglais, et ce Monsieur serait le petit Amady. Il finirait bien par jeter l'ancre sur les rivages de la réussite.

En effet, Amady qui était un beau jeune homme, trouva au détour d'une rencontre, pur hasard ou signe du destin, son âme sœur, en la personne de Fatima. Fatima était une jeune fille, un peu plus âgée, qui avait déjà beaucoup voyagé et parcouru le monde. Amady, très discret, n'avait jamais raconté à sa bienfaitrice les circonstances de cette rencontre. En conversant avec Fatima, pourtant, Mme Durand comprit qu'elle avait une grande expérience, et qu'elle apporterait beaucoup à Amady sur tous les plans, en particulier dans sa quête de réussite. Le contraste entre les deux, figurait une espèce d'accord tacite, qui avait été rendu pratique par ce mariage conclu « entre guillemets », se disait-elle ! Mais l'amour, pour s'attacher une personne, prend parfois des formes insensées et suit des lignes brisées. Peut-être que Fatima, saisissant « l'instant meugnon », avait été conquise par ce jeune homme un peu timide, mais volontaire, en quête perpétuelle d'ascension, parlant plusieurs langues typiques, parlant plus ou moins, il est vrai, le portugais, le français, capable d'aller sur internet, comme tout le monde, et qui cherchait à mettre en place un projet d'ONG. L'intelligence de cet ancien talibé n'était plus à démontrer et si elle était bien dirigée et irriguée, pouvait servir à engranger des victoires encore plus belles que celles qu'elle avait déjà gagnées. Quant à Amady, il voyait en Fatima, une nouvelle façon d'arriver à ses fins. Elle était pour lui une bouffée d'air frais, et certainement un tremplin pour s'élancer. Quelle part et quelle place les sentiments prenaient-ils alors dans cet enchevêtrement de pensées, d'émotions, faites d'admiration et de gratitude ? Nul n'aurait su le dire, sauf le principal intéressé.

Amady pour la première fois s'envola pour le pays d'Obama avec sa compagne inespérée. Ce n'était pas le pays de ses amours, la France que tout le monde voyait comme le pays des Arts et des lettres. Il aurait tant voulu ! Le français était une si belle langue, parler français, c'était comme être arrivé, avoir réussi dans la vie, du moins pour lui, et à ce stade de son cheminement. Mais voyager c'était déjà vaincre le destin, c'était prendre de la hauteur par rapport à son passé, donner à son ambition une autre chance d'aboutir, des opportunités à trouver et même à créer.

Ils arrivèrent à New York, il faisait chaud. Il lui sembla que cette chaleur était étouffante et plus forte que celle de son pays. Les gratte-ciel le happèrent et le regard incrédule qu'il posa sur la frénésie des allées et venues, dans cette ville infernale, amusa Fatima ; *« tu t'en accommoderas dans même pas deux semaines ! »* Lui dit-elle, un tantinet moqueuse, en le regardant dans les yeux ! Tout avait l'air démesuré ! Comme il devait s'en rendre compte plus tard, les assiettes étaient larges, les hamburgers Tyson de Dakar ressemblaient à des cacahuètes à côté de ceux de New York, les distances étaient très longues, les gens, certains étaient si gros avec leur triple menton, leur triple ventre, leurs triples jambes ! Sans complexe, ni contrainte, le pays de la liberté et de la désinvolture, en somme, mais paradoxalement celui de la performance et du pragmatisme, aussi.

Ce fut le début du commencement d'une vie à « cent à l'heure ». La nuit était comme le jour, et le jour comme la nuit. Sans répit. Le combat pour la vie prenait ici tout son sens. Amady se levait tôt. Fatima l'avait présenté à son cercle d'amis qui spontanément lui fit fête. Il y avait des Afro-Américains, mais aussi des blancs de peau. C'était un véritable melting pot, un brassage de peuples venus de presque tous les horizons. Tous l'acceptèrent sans condition, l'idéal pour Amady qui noua des amitiés et y retrouva des francophones, mais aussi des francophiles.
Au sein du groupe, il fut pris en charge pour apprendre l'anglais à toute vitesse. Ses méninges ouvertes à tous les courants captèrent vite et bien ces nouveautés et les

assimilèrent. Puis ce fut des cours de management. Amady avait plain-pied dans une ONG. Il en était ravi.

Cette ONG s'occupait de développement, trouvait des sponsors et des fonds qui lui permettaient de venir en aide aux populations des pays en voie de développement, afin de les former et surtout d'améliorer le rendement de leurs petites unités de production agricole familiale. Ces fonds étaient aussi destinés aux femmes rurales qui pouvaient ainsi acheter des terres cultivables, se mettre en coopérative, et s'adonner en tant que propriétaires, au maraîchage, à une agriculture plus intensive, et à l'élevage d'ovins et de bovins.

Amady passa six bonnes années dans le pays d'Obama. Il avait été frappé par le pragmatisme et le « fighting spirit » de ses habitants, leur énergie débordante, surtout à New York. Il y a toujours des exceptions aux règles quelles qu'elles soient, et Amady fut quelquefois confronté au racisme, indifféremment des blancs et des noirs, mais il tint bon. Au début Fatima le chaperonnait, mais bientôt, dans le tourbillon des activités de l'ONG, il pouvait se passer des semaines sans qu'ils ne se voient. Elle sillonnait les états et les villes et le confiait à d'autres, qui l'initiaient. Un peu intimidé, Amady se disait qu'il ne servirait à rien au sein de ce mouvement dont les membres semblaient très actifs et d'un niveau intellectuel élevé. Mais on lui fit comprendre qu'ici, plus que le niveau d'études, c'était le travail d'équipe, les capacités à manager, à innover, à trouver des solutions, qui importaient. Faire valoir de manière pratique ses compétences et promouvoir ses qualités, améliorer l'acquis, se rendre plus qu'utile et participer au rendement des initiatives. C'est seulement à ce prix qu'il fallait prétendre intégrer le groupe et jouir d'expériences intéressantes.

Amady grâce à ses connaissances en informatique, se félicitait du travail administratif qui lui était confié sur son insistance. Il rentrait les données, et faisait même des statistiques. Bientôt il sillonna aussi les états, à la recherche de fonds et participa à des séminaires. Il put même apprendre le wolof et le créole à certains. On lui demandait son avis, on lui posait des questions et il fournissait des réponses sur la culture et la manière de vivre des populations, sur leur environnement, etc. Il se sentait utile, et même d'une certaine manière, indispensable.

Puis Amady se rendit compte que le lien qui l'unissait à Fatima, ce mariage insolite, devenait de plus en plus platonique. Il en ressentit un certain outrage, mais ne dit rien. Il devait se contenter de cela. Elle l'avait hébergé, présenté, formé grâce à ses amis, lui avait ouvert très largement les portes de la réussite, lui avait permis de s'extérioriser, de montrer de quoi il était capable, bref elle avait contribué à forger sa personnalité, et à en faire ressortir les aspects les plus positifs. En gommant certaines aspérités de son caractère et en en complétant d'autres, en s'enrichissant d'expériences, il avait fini par mieux sculpter sa personnalité, être ce qu'il espérait devenir, lorsque talibé dans les rues de Dakar, ce rêve le tenait éveillé jusqu'à l'aube.

Il avait vaincu sa timidité et parfait son éducation, elle lui avait ouvert des perspectives : c'est pourquoi, lorsqu'un certain soir, après une journée harassante, Fatima lui fit comprendre qu'ils devaient couper le lien ténu qui les unissait, il resta bouche bée, car elle était son rocher, la source vive dont il avait besoin pour s'abreuver et étancher cette soif d'espérances et d'accomplissement.

Il était convaincu que ses efforts pour se hisser à sa hauteur porteraient les fruits escomptés. Mais, réaliste, il se disait aussi qu'il n'aurait pas pu faire toute sa vie avec elle. Fatima n'était pas fille docile obéissant au doigt et à l'œil à son conjoint, elle n'était pas comme ces femmes effacées… Elle était africaine, mais américaine, bien américanisée, et revendiquait une certaine liberté. Il était plus judicieux d'accepter cette rupture. De plus, il n'avait pas le choix et pouvait dorénavant se prendre en charge, financièrement, émotionnellement, et dans une certaine mesure, concernant son avenir professionnel. Il avait bien été rémunéré pour ses peines. Mais dans le pays d'Obama, tout ce que vous gagniez en un jour, vous le dépensiez le jour suivant. Certains avaient trois ou quatre emplois. Il réussit néanmoins à faire quelques économies.

Amady regarda par-dessus son épaule et mesura le chemin parcouru ; le chemin disparaissait à ses yeux, il était long et sinueux. De quoi devait-il donc se plaindre ?

Madame Durand l'avait mis en selle, bâti des fondations, Fatima était restée avec lui plus de temps qu'il n'avait fallu pour obtenir des « papiers ». Elle avait monté des murs. C'était donc cela ! Dans sa grande naïveté, il venait enfin de comprendre.

Le cœur tout de même endolori, une opportunité vint soudain sous la forme d'un contrat, adoucir cette amertume. Amady devait revenir au pays pour participer à la formation de jeunes qui avaient fini par comprendre que rester à la ville et vendre des friperies, ou s'adonner au métier de marchand ambulant, n'était pas la meilleure des options. Ils avaient décidé de retourner à la terre, et son parcours devait les édifier.

Amady avait bien changé, il avait pris des muscles, mais avait tenu à raser sa barbe qu'il gardait à cause du froid de New York. Seule la fine moustache avait eu le droit de rester en sursis. Excité à l'idée de revenir vers les siens, dans l'avion qui le ramenait alors, Amady se demandait comment Mme Durand allait-elle l'accueillir.

Mme Durand serait certainement très contente de constater les progrès accomplis et de voir ce qu'il était devenu. Il fit un large sourire, mais, jetant un coup d'œil furtif à son voisin de gauche qui le regardait en coin, il se reprit.

Perdu dans ses pensées, le regard noyé de nostalgie, il cherchait fébrilement le bouton de son siège, qui lui permettrait de s'étendre et de basculer dans les airs d'un sommeil constellé de perspectives alléchantes. Il était en expédition, il avait vingt-six ans et l'aventure ne faisait que commencer ! Rien ne devait l'arrêter. Il se voyait, voguant, volant sur les ailes du vent...

Il ne s'agit pas là de saisir sa chance, mais de la provoquer. Amady va conquérir cette chance, et la modeler, et la tresser de ses mains.

Un exemple de constance dans l'effort, d'opiniâtreté et de courage qui arrosera les bourgeons d'une probable réussite.

Puis.....

CAVALIER DE LA MISÈRE
MENDIANT D'AMOUR
Litanie d'un talibé harassé !

Je suis un petit talibé
Et je souffre
D'avoir été sur les routes de la vie
Trop tôt jeté...

J'ai peur, j'ai froid, j'ai chaud, j'ai faim

En pâture à la rue
Par et pour mes pères et mères que je ne comprends plus
Gardiens de ma destinée,
Ils m'ont vendu, prêté et oublié

J'ai peur, j'ai froid, j'ai chaud, j'ai faim

Ma frayeur est aussi grande
Que mes yeux ouverts sur ce monde que
Je n'ai pas choisi

J'ai soif

Je crie, je pleure
Tout le monde me regarde, mais personne ne me voit pas.
Tout le monde m'entend, mais personne ne m'écoute pas.

Mes pleurs revêtus de sanglots
Ont laissé sur mes joues sales

Des sillons où passent et repassent mes angoisses
Mes pieds terreux ont la démesure
Des cent lieux que j'ai traversés.

Et, les bourgeons de mes rêves
Engloutis dans ma vie tuméfiée,
Mes espérances incinérées
Fanent ma destinée

J'ai soif

Sur cent de mes frères comme moi en naufrage,
Combien de rescapés, combien de ressuscités,
Et combien de destructions.
Combien partis dans leur innocence ravagée
Et leur innocence séquestrée
Combien dans leur innocence interceptée.
Pourquoi ? Qu'ai-je fait à la Vie
Pour qu'elle me donne si tôt la mort ?

J'ai peur, j'ai froid, j'ai chaud, j'ai faim...

Sauvez-moi enfin !
J'ai soif de l'innocence de mon enfance...

(17 décembre 2009)
Noëlle Solange DEGBOUE

Table des matières